Der Riese Bluff

BRUNO HORST BULL

Der Riese Bluff

Mit Bildern
von
Erika Meier-Albert

W. FISCHER-VERLAG · GÖTTINGEN

1. Auflage 1973: 15 000

ISBN 3 439 00695 6

© 1973 by W. Fischer-Verlag, Göttingen
Alle Rechte vorbehalten!
Gesamtherstellung: Fischer-Druck, Göttingen

INHALT

Bluff und die Bienen	7
Bluff und die kleine Maus	11
Bluff beim Zahnarzt	16
Bluff erfüllt Lutetias Wunsch	20
Bluff geht zur Nordsee	25
Bluff erscheint zum Sonntagsmahl	29
Bluff und das Krokodil	34
Bluff wird gemalt	38
Bluff im Hause Feldzwerg	42
Bluff als Hochzeitsgast	47
Bluff bekommt Besuch	52
Bluff und die Langholzfuhre	57
Bluff auf dem Flugplatz	60
Bluff kämpft gegen ein Flugzeug	64
Bluff kann Häuser versetzen	67
Bluff will Geld verdienen	72
Bluff nimmt ein Bad	75
Bluff als Packesel	79
Bluff fliegt in die weite Welt	82
Bluff landet auf Gran Canaria	86
Bluff reist nach Afrika	90

Bluff und die Bienen

Zu der Zeit, als die Großmutter noch ein junges Mädchen war, gab es in unserer Heimat noch Riesen, die hoch oben in den Bergen lebten. Manchmal kamen sie zu uns ins Tal, und wir mußten sehr freundlich zu ihnen sein. Denn wenn ein Riese gereizt ist, kann er viel Schaden anrichten.

Einer der Riesen hieß Bluff. Wir nannten ihn den großen Bluff, weil er besonders groß und täppisch war. All die anderen Riesen hatten nach und nach unsere Gegend verlassen. Deshalb kam der Bluff oft zu uns, denn er fühlte sich oben auf seinem Berg sehr einsam. Manchmal hatten wir großen Ärger mit ihm. Davon will ich erzählen.

Wir hatten in unserer Gemeinde einen netten, freundlichen Pfarrer, der mit allen Leuten gut auskam. Auch der Riese Bluff kam oftmals zu ihm. Sie saßen dann im Garten und erzählten sich dies und das. In das kleine Pfarrhaus paßte der Riese wegen seiner Riesigkeit nicht hinein. Eines Tages war der Herr Pfarrer damit beschäftigt, Honig zu schleudern. Im Garten des Pfarrhauses stand ein großes Bienenhaus mit vielen Bienenkörben. Der Pfarrer hatte sich ein Schutznetz über den Kopf gezogen und rauchte aus einer großen Knasterpfeife, damit ihn die Bienen nicht stechen konnten. Das sah sehr ulkig aus.

In diesem Augenblick trat der große Bluff über den Gartenzaun in den Garten. Er ging nie durch die Gartenpforte, sondern trat immer über den Zaun. Der Bluff war ja so riesig! Als er den Pfarrer in seiner seltsamen Aufmachung beim Honigschleudern sah, lachte er, daß die Obstbäume wackelten. Der Pfarrer bat den Riesen, sich still zu verhalten. Die Bienen waren schon unruhig geworden. Sie surrten wie wild im Innern der Bienenkörbe.

Der große Bluff aber brüllte: „Hochwürden, du schleuderst falsch! Laß mich das machen. Ich will dir zeigen, wie man den Honig aus den Waben bricht!" Mit der bloßen Hand langte er in den Bienenkorb, um den Honig herauszuholen. Hunderte von Bienen setzten sich auf seine Hand und wollten ihn stechen. Dem Pfarrer wurde schwarz vor Augen. Das Unglück konnte nicht ausbleiben.

Doch der große Bluff spürte nichts von den Bienenstichen. Die Riesenhaut war so dick, daß kein Bienenstachel in sie eindringen konnte. Eine Riesenfaust ist eben etwas anderes als eine zarte Menschenhand.

Dabei erwachte in dem Bienenkorb auch eine Drohne, die friedlich geschlummert hatte. Die Drohnen sind faule Bienenmännchen, die nie in ihrem Leben arbeiten und meistens nur fressen und schlafen. Die Drohne war furchtbar erschrocken, als plötzlich eine Riesenhand in der Bienenwohnung rumorte.

Hier war Flucht die einzige Rettung, und hui! war sie ins Freie geflogen. Sogleich fühlte sie sich von einem Wirbelwind erfaßt. Plötzlich war sie in eine tiefe Höhle geraten, in der es stockfinster war. Da wurde die Drohne noch ängstlicher und ganz aufgeregt. Kopflos flog sie im Dunkeln hin und her. Überall stieß sie an feuchte Wände. Was war das?

Die Drohne war dem Riesen ins Nasenloch geflogen! Und der große Bluff hatte eine ganz besonders empfindliche Nase. Ihr könnt euch vorstellen, wie die Drohne ihn gekitzelt haben mag! Er nieste und nieste. Hatschiii! hatte er das große Bienenhaus umgeniest. Die Bienen schwirrten in alle Himmelsrichtungen davon.

Der große Bluff stob aus dem Garten. Der Pfarrer war vor Schrecken wie erstarrt. Endlich gelang es dem Riesen, die Drohne auszuniesen. Voller Wut kehrte er auf seinen Berg zurück, umsummt von Schwärmen von Bienen.

Bluff
und die kleine Maus

Wer selber einmal die Bekanntschaft eines Riesen gemacht hat, weiß, wie unberechenbar sie sein können. Auch der große Bluff war unberechenbar: er schwor dem Pfarrer Rache! Was er tun wollte? Er drohte, unsere Dorfkirche umzustoßen!

Ein Riese hat natürlich Riesenkräfte. Eine kleine Dorfkirche mit Zwiebelturm ist schnell von Riesenhand zerstört. Und der Riese Bluff war ein besonders starker Riese mit einem kleinen Verstand. Mit Vernunft war da nichts auszurichten. Hier half nur eine List, um ihn von seinem Plan abzubringen.

Der Herr Pfarrer lief durchs Dorf und jammerte. Der Bürgermeister und der Lehrer jammerten. Die Bauern jammerten, und die Frauen im Dorf jammerten noch viel mehr. Nur der kleine Peter des Bauern Krause jammerte nicht. Peter hatte nämlich eine gute Freundin. Das war die Küchenmaus Lutetia!

Sie war eine hübsche, wohlgestaltete Stadtmaus mit langem Schwänzchen und rosigen Öhrchen. Und sie war sehr klug. Anfangs, als sich die kleine Maus in der Küche des Bauern eingenistet hatte, stellte die Köchin eine Mausefalle auf. Doch die schlaue Küchenmaus Lutetia fraß den Speck, ohne sich fangen zu lassen. Die Köchin befestigte den Speck mit einem Nägelchen in der Falle. Lutetia knabberte den Speck weg und entkam, bevor die Falle zuschnappen konnte. Dreimal entkam die Maus auf wundersame Weise dem sicheren Tode. Danach wurde sie begnadigt, als Anerkennung ihrer Leistung.

Jetzt durfte sie hinter der Reisschüssel sitzen, wenn die Köchin den Sonntagskuchen backte. Wenn die Köchin den Fußboden schrubbte, saß die kluge Lutetia auf dem Rand des Scheuereimers. Abends bekam sie Tomaten und Käseröllchen zu fressen. Die Maus wurde immer dicker und runder. Wenn jemand Sorgen hatte, konnte er alles mit ihr besprechen. Sie hörte andächtig zu und sagte hinterher ganz einfach nur: „Piep!"

Mit einem Satz: Lutetia war die klügste Maus der Welt. Sie hatte Vertrauen zu den Menschen, und die Menschen hatten zu ihr Vertrauen.

Das ganze Dorf erwartete den grollenden Riesen. Gegen Mittag kam er wirklich angetappt und lenkte

seine Riesenschritte zum Dorfplatz, wo die Kirche steht. Niemand wagte dem Riesen entgegenzutreten. Selbst der tapfere Dorfpolizist hatte Angst vor dem Ungeheuer.

Da sprach der kleine Peter zur Küchenmaus Lutetia: „Komm mit, Lutetia! Nur du allein kannst uns jetzt noch vor der Rache des Riesen retten."

Die Maus sagte: „Piep!" und kroch dem kleinen Peter in die Hosentasche. Kühn trat Peter dem Riesen entgegen und rief:

„Riese, laß die Kirche im Dorf! Sonst wird dich mein Mäusle beißen."

Der große Bluff lachte blöde. Aber bald sollte ihm das Lachen vergehen.

Peter hatte nämlich die kluge Lutetia freigelassen. Die Maus kletterte am Hosenbein des Riesen empor. Der große Bluff war starr vor Schrecken. Vor nichts in der Welt fürchtete er sich so sehr wie vor Mäusen! Die Küchenmaus Lutetia aber kletterte und kletterte. Schon war sie über den großen Bauch des Riesen hinweggeklettert. Jetzt saß sie auf seinem Mantelkragen.

„Sie wird dir ins Ohr kriechen und auf dein Trommelfell trommeln, wenn du nicht sofort aus dem Dorf gehst und unsere Kirche für alle Zeiten stehen läßt!" krähte Peter.

Da rief der furchtsame Riese: „Ich tue alles, was du willst. Ich verspreche es auf Ehrenwort! Nur sag dieser schrecklichen, dieser furchtbaren Maus, daß sie weggehen soll."

Da rief Peter die Maus zurück, und der große Bluff verließ eilig das Dorf. Die Küchenmaus Lutetia aber bekam einen Schokoladentaler geschenkt. Sie war der Held des Tages.

Bluff beim Zahnarzt

Lange grollte der Riese. Doch eines Tages kam er wieder ins Dorf hinunter. Er schnitt fürchterliche Grimassen. Der Riese brauchte dringend unsere Hilfe: er hatte schreckliche Zahnschmerzen!

Nun wohnte im Dorf ein guter Zahnarzt, Doktor Hirschbock mit Namen, der war darauf eingerichtet, Riesenzähne zu behandeln. Zu diesem Zweck hatte er sich einen großen Preßluftbohrer angeschafft und plombierte auch Riesenzähne. Wenn die Riesen auch oft ihre Rechnungen nicht bezahlten, so war es doch die erste Pflicht eines Arztes, Kranken zu helfen. An diesen Grundsatz hielt sich Doktor Hirschbock. Er bohrte die Zähne mit dem Preßluftbohrer aus und füllte die Löcher mit Bauzement.

Riesen wurden immer auf der Wiese hinter dem Haus des Zahnarztes behandelt. Dort mußten sie sich lang auf den Rücken legen. Der Zahnarzt stieg ihnen auf den Kopf. So war das immer gewesen.

Der große Bluff war ein besonders empfindlicher Riese. Als Doktor Hirschbock mit dem Preßluftbohrer und zwei Eimern Zement ankam, schrie er aus Leibeskräften, daß alle Dorfbewohner zusammenliefen.

Vorsichtig untersuchte der Zahnarzt das Gebiß des Riesen. Dabei steckte er seinen Kopf in den Riesenrachen und leuchtete mit einer Taschenlampe die Zahnreihen ab. Bald hatte er den hohlen Zahn gefunden.

Im Innern des Zahnes war ein Nervenstrang freigelegt. Dieser Nerv mußte getötet werden, bevor der Arzt mit der Behandlung beginnen konnte. Eine Betäubungsspritze wirkt erfahrungsgemäß bei Riesen nicht. Es wäre schade gewesen um die teure Spritze. Der Zahnarzt kletterte wieder auf die Erde und kratzte sich verlegen den Kopf. Da rief der kleine Peter Krause, der unter den Neugierigen stand:

„Die Küchenmaus Lutetia soll helfen! Wir setzen die Maus dem Riesen ins Maul. Sie wird in den hohlen Zahn kriechen und dem Bluff den Nervenstrang durchbeißen. So wird dem Riesen der Nerv getötet, ohne daß er dabei große Schmerzen verspürt."

Der Zahnarzt wußte, daß die Küchenmaus Lutetia eine besonders schlaue Mäusedame und außerdem die Freundin von Peter war. Der Vorschlag gefiel ihm. Peter rannte los, um die Maus zu holen.

Der große Bluff, der mit schmerzverzerrtem Gesicht, aber sonst ganz ruhig im Grase lag, fing plötzlich schrecklich an zu zittern. Er fürchtete sich vor Lutetia, denn er hatte mit ihr schlechte Erfahrungen gemacht. Doch da es zu seinem Besten sein sollte, beruhigte er sich wieder.

Lutetia, die Küchenmaus, machte nicht viel Umstände. Peter setzte sie dem Bluff auf die Unterlippe. Dann gab er ihr genaue Anweisungen. Die Maus spitzte die Ohren, hörte sich alles an und sagte: „Piep!" Dann verschwand sie im Riesenmaul und begann ihre Arbeit.

Der Fettkoloß rührte und regte sich nicht. Nach ungefähr einer Stunde tauchte die Maus wieder auf. Sie hatte ihre Arbeit beendet. Bluff hatte fast nichts gespürt. Die Zahnschmerzen aber waren vergangen, und Doktor Hirschbock konnte, unter der Anteilnahme der gesamten Dorfbevölkerung, den hohlen Zahn plombieren.

Von diesem Tag an dachte der Riese Bluff mit großer Hochachtung an Mäuse. Er wußte nun, was für ein nützliches Tier eine kluge Küchenmaus sein kann.

Bluff erfüllt Lutetias Wunsch

Großspurig, wie Riesen sind, versprach der große Bluff, der Maus Lutetia jeden Wunsch zu erfüllen. Er ahnte nicht, was er sich damit einbrockte! Lutetia war nämlich sehr eigenwillig.

Eines Tages sah Peter, daß Lutetia bald Junge bekommen würde. Die Küchenmaus war wie umgewandelt. Den ganzen Tag über piepste sie nur von dem kommenden Ereignis. Niemand konnte sich mehr mit ihr vernünftig unterhalten.

Ständig war sie damit beschäftigt, einen Nestplatz für ihre Jungen zu suchen. Sie schaute hinter den Kühlschrank, unter die Kellertreppe, ins Sauerkrautfaß und in Frau Krauses Nähkörbchen. Aber kein Platz war ihr gut genug.

Da tappte wieder einmal der Riese durchs Dorf, der sich oben auf seinem Berg gelangweilt hatte.

Als Lutetia den Riesen sah, hatte sie einen blendenden Gedanken, der nur einem Mäusehirn entspringen konnte: Sie wollte ihr Nest in den Haaren auf dem Kopf des Riesen bauen!

Diesen Wunsch teilte sie dem kleinen Peter mit. Peter steckte Lutetia in seine Hosentasche und ging zum Riesen. Der große Bluff saß auf der Wiese am Dorfrand und ließ sich die Sonne ins Gesicht scheinen. Er war ein fauler Kerl und dachte an gar nichts. Da tauchte Peter mit der Maus auf. Der Koloß fuhr den Jungen, ärgerlich über die Störung, sogleich heftig an:

„Was willst du von mir?" fragte er barsch. „Geh mir aus der Sonne. Ich will mich bräunen."

„Ich will nichts von dir, großer Bluff", sagte Peter. „Aber die Küchenmaus Lutetia möchte in den Haaren auf deinem Kopf ein Nest bauen. Sie wird bald Junge bekommen."

Lutetia hatte ihren Kopf aus Peters Hosentasche gesteckt und rief aufgeregt: „Piep!"

Der große Bluff verzog sein Gesicht zu einer Grimasse. Es sah aus, als wolle er Lutetia lebendig verspeisen.

„Du hast versprochen, ihr jeden Wunsch zu erfüllen!" rief Peter. „Was man versprochen hat, muß man auch halten."

Der Riese schnaufte schwer. „Wer ist denn auf solch einen blödsinnigen Gedanken gekommen? Der kann doch nur einem Mäusehirn entsprungen sein! Mein Kopfhaar ist kein Heim für Obdachlose!" schimpfte er.

Die Maus aber rief aufgeregt: „Piep! Piep! Piep!"

Peter sagte: „Du hast es versprochen, Bluff!"

So kam es, daß die Küchenmaus Lutetia dem Riesen ins Haar kroch. Dort entfaltete sie eine rege Tätigkeit und baute aus wolligen Riesenhaaren ein Nest für sich und ihre Kinder. Es dauerte auch gar nicht mehr lange, da lagen fünf kleine rosige Mäusekinder im Nest. Der Riese mußte die Gesellschaft jeden Tag spazierentragen.

Wenn er nachts schlafen wollte, mußte er seinen großen Kopf gegen einen Felsen stützen, damit die Mäuse es bequem hatten. Nach der Bequemlichkeit des Riesen fragte niemand...

Die Mäusekinder wuchsen schnell heran und spielten in den Haaren des Riesen verstecken. Da der große Bluff sie immer spazierentrug, bekamen sie schon in jungen Tagen viel von der Welt zu sehen. Als sie über einen Monat im Haar des Riesen gewohnt hatten, waren sie erwachsen. Mutter Lutetia konnte mit ihren Kindern das Nest verlassen. Da war der Riese riesenfroh. Wegen seiner Untermieter hatte er manche schlaflose Nacht gehabt. Auch durfte er sich während der ganzen Zeit niemals die Haare schneiden lassen.

Lutetias Kinder machten sich bald selbständig. Die Küchenmaus kehrte ins Haus des Bauern Krause zurück. Peter fütterte sie mit Schinken und Käse.

Bluff geht zur Nordsee

Eines Tages beschloß der große Bluff auszuwandern. Darüber hätten alle Leute im Dorf froh sein können, wenn dieser Beschluß wirklich in die Tat umgesetzt worden wäre. Es war nämlich kein Vergnügen, einen großen Riesen mit einem kleinen Verstand in der Nähe wohnen zu haben. Man wußte nie, was er sich für Dummheiten ausdachte.

Irgendwann einmal hatte der große Bluff von der Nordsee gehört. Nun wollte er dorthin wandern. Er versprach sich sehr viel davon.

Jedem im Dorf, der es wissen wollte oder auch nicht, erzählte der Koloß, daß er in der Frühe des nächsten Tages fortgehen werde. Er hatte schon seine großen Stiefel geputzt. Jeder redete dem großen Kerl gut zu und gab ihm Ratschläge, um ihn endlich loszuwerden.

Unter dem Winken der Bauern verließ er am nächsten Morgen das Dorf. Er schritt munter aus. Aber er ging ohne Ziel und Richtung. So kam es, daß er im Kreise lief. Es war zwar ein Riesenkreis, den er umlaufen hatte, doch am Abend war er wieder im Dorf. Er schaute ziemlich dumm aus der Riesenwäsche, und die Bauern kratzten sich verlegen hinter den Ohren.

„Du mußt mit Kompaß und Landkarte auf Wanderschaft gehen", sagte der Bürgermeister. „Nur so wirst du dich nicht verirren." Was nützten ihm Kompaß und Landkarte? Er war viel zu dumm, sich damit zurechtzufinden.

Die Küchenmaus Lutetia allerdings war nicht zu dumm, mit Kompaß und Landkarte umzugehen. Peter hatte sie wieder einmal in seiner Hosentasche mit zum Dorfplatz genommen. Aufgeregt kletterte sie hervor und rief: „Piep!"

Lutetia besaß einen kleinen Kinderkompaß und eine winzige Landkarte, die aus einem Taschenkalender stammte. Beides hatte Peter in seiner Hosentasche verstaut und zog es jetzt hervor. „Lutetia soll mit dem Kompaß und der Landkarte dem Riesen auf den Kopf steigen und ihm von dort oben Anweisungen geben, wie er zu gehen hat", sagte der kleine Peter.

Der Bürgermeister, der Herr Pfarrer und der Herr Lehrer fanden diesen Vorschlag brauchbar. Auch die Frauen des Dorfes sagten, der Gedanke sei gut. Lutetia rief: „Piep!"

Der große Bluff schien auch zufrieden zu sein. Die Nacht über schlief er auf dem Dorfplatz. Der Bürgermeister stellte zu seinen Füßen Lampen auf, damit kein durchfahrendes Auto den Riesen anfahren konnte.

Am nächsten Morgen machte er sich mit der Maus auf die Wanderung. Um sich ihm verständlich zu machen, mußte Lutetia ihn jeweils am Ohr zupfen. Zupfte sie rechts, wußte der Riese, daß er rechts gehen mußte; zupfte sie links, ging er links. Für die Küchenmaus Lutetia war es eine anstrengende Arbeit. Sie mußte auf die Landkarte schauen, den Kompaß beobachten und ständig von einem Riesenohr zum andern rennen, damit Bluff den rechten Weg ging.

Am Abend endlich hatten sie die Nordsee erreicht. Der Riese setzte sich ans Ufer und schaute aufs Meer. Das war einsam und leer, nur die Wellen klatschten an den Strand. Das gefiel dem Riesen nicht. Plötzlich bekam er Sehnsucht nach seinem Zuhause in den Bergen. Die Nacht über schlief er am Strand. Doch am nächsten Morgen mußte ihn die Küchenmaus

Lutetia wieder zurückführen. Riesen sind wie Kinder, die nicht wissen, was sie eigentlich wollen.

Die Leute im Dorf staunten nicht schlecht, als sie die beiden wiedersahen. Doch was sollten sie machen? Im Grunde hatten sie sich längst an den Riesen gewöhnt. Er hätte ihnen gefehlt, wenn er plötzlich nicht mehr dagewesen wäre.

Bluff erscheint zum Sonntagsmahl

Eines Sonntags saß die Familie Krause vor ihrem Hause beim Mittagsschmause. Es war herrliches Wetter, und deshalb wurde im Freien gegessen. Hätten Krauses gewußt, was ihnen bevorstand, sie hätten auf das Picknick im Grünen sicher verzichtet.

Die Köchin hatte gerade den knusprigen Sonntagsbraten auf den Gartentisch gestellt, da stieg Bluff über den Zaun. Bauer Krause war schon zornig, als er den Riesen sah. Warum konnte der große Kerl nicht das Hoftor benutzen? Immer stieg er mit seinen klobigen Riesenbeinen über die Zäune. Manches Mal war es schon vorgekommen, daß er aus Unachtsamkeit etwas zertrampelte. Der Bauer hatte den Schaden davon.

Die Köchin machte ein langes Gesicht, denn sie fürchtete um ihren Braten. Frau Krause lächelte süßsauer. Der Riesenbesuch war wirklich nicht angenehm. Doch sie wollte den großen Kerl nicht verärgern und den Sonntagsfrieden erhalten. Ihr Sohn Peter aber fragte rundheraus:

„Was willst du hier, großer Bluff?"

Der Riese sagte: „Es ist so langweilig da oben auf meinem Berg. Ich bin ins Tal gekommen, um mich zu unterhalten. Darf ich mich mit an den Tisch setzen?"

„Du wirst die Stühle zerbrechen!" knirschte der Bauer.

Doch der große Bluff sagte leichthin: „Ich setze mich auf zwei Stühle. Ich bin ganz vorsichtig. Dann wird es schon gehen."

Gesagt, getan. Kaum hatte sich der Riese gesetzt, knickten die Stühle wie Streichhölzer unter ihm zusammen. Er lag im Gras.

„Du ungeschickter Kerl!" schimpfte die Köchin. Dann trug sie zusammen mit dem Bauern den Gartentisch zu einem abgesägten Birnbaum. Auf dem Baumstumpf konnte der Riese sitzen. „Du willst doch hoffentlich nichts von unserm Mittagessen haben?" fragte die Köchin.

Der Riese antwortete mit einem langgezogenen „Neiiin!"

Nun saß auch die Küchenmaus Lutetia am Tisch. Sie war ja die beste Freundin des kleinen Peter. Als der Riese kam, war sie auf die Essigflasche geklettert, um besser spähen zu können. Hin und wieder steckte sie ihre Mausepfote in den Hals der Essigflasche, um sie in den Essig einzutauchen. Hatte sie ein Tröpfchen erwischt, leckte sie die Pfote ab. Essig ist für Mäuse ein besonderer Genuß.

Als der Riese die Maus so schlecken sah, wollte er auch den Essig probieren. Lutetia aber rief aufgeregt: „Piep! Piep!" Das sollte heißen: Trink nicht von dem Essig, er bekommt dir nicht!

Doch Bluff dachte, was Mäusen schmeckt, müsse auch einem Riesen schmecken. Mit einem Zug trank er die große Essigflasche leer!

Das hätte er nicht tun sollen. Riesen haben ganz besonders empfindliche Kehlen. Sie trinken niemals scharfe Getränke. Wie ihm zumute war, als er den Essig ausgetrunken hatte, könnt ihr euch sicher denken: er verdrehte die Augen, griff sich an die Kehle und schnappte nach Luft. Der kleine Peter dachte, jetzt sei das letzte Stündlein des Riesen gekommen. Die Küchenmaus Lutetia sprang entsetzt vom Gartentisch und kroch unter die Regentonne.

Nur die Köchin blieb beherzt. Sie nahm eine zweite Flasche, die auf dem Tisch stand und mit Öl gefüllt war. Den Inhalt goß sie dem Riesen in den Schlund. Und wirklich: das Öl wirkte Wunder!

Das Brennen in der Kehle des Riesen hörte auf. Der große Bluff konnte wieder frei atmen. Dankbar sah er die Köchin an. In seinen großen Augen standen Tränen so groß wie Fußbälle. Nachdem er sich etwas erholt hatte, ging er kleinlaut fort. Familie Krause konnte jetzt endlich ihren Sonntagsbraten verspeisen.

Bluff und das Krokodil

Als im Dorfe Jahrmarkt war, kam auch der große Bluff von seinem Berg herunter, um sich das bunte Treiben anzuschauen. Er trottete mit tapsigen Schritten durch die Budenreihen. Die Jahrmarktbesucher bestaunten ihn, als wäre er das achte Weltwunder. Die Schaubudenbesitzer schrien sich die Kehlen heiser. Aber die Leute achteten kaum auf sie. Sie schauten lieber auf den Riesen und tuschelten sich gegenseitig zu, wie schrecklich und furchterregend er aussehe. Es waren ja viele Fremde ins Dorf gekommen, die ihn bisher noch nicht kannten.

Der große Bluff kümmerte sich nicht um das Getuschel. Er war es gewöhnt, überall unangenehm aufzufallen. Auf einem Jahrmarkt kommt seltsames Volk zusammen. Warum sollte nicht auch mal ein Riese dabeisein?

Natürlich war es für den großen Bluff unmöglich, mit dem Kettenkarussell oder auf der Achterbahn zu fahren. Er hätte doch nur Schaden angerichtet. Auch auf „Hau den Lukas" mußte der Riese verzichten. Er hätte sicher alles zerschmettert.

Doch ein Kasperletheater gefiel dem klotzigen Kerl. Er war im Grunde wie ein Kind. Da im Kasperletheater gerade eine Kindervorstellung gegeben wurde, war es für ihn genau das richtige.

Vor der Bühne im Freien waren kleine Bänke aufgestellt. Dort hatten schon viele Kinder Platz genommen. Auch Peter, der Sohn des Bauern Krause, saß dort und neben ihm die Maus Lutetia. Da sie die klügste Maus der Welt war, wunderte es niemand, daß sie Interesse für das Kasperletheater zeigte.

Nun wollte sich der große Bluff auf die kleine Bank neben Peter und Lutetia setzen. Die Kinder kreischten aufgeregt durcheinander. Peter schrie, die Maus piepste. Sie hatten erst kürzlich erlebt, wie zwei Stühle im Garten zusammengebrochen waren. Sie wollten nicht, daß er auch die Bank plattdrückte.

Der Riese hatte ein Einsehen und verzichtete darauf, sich hinzusetzen. Statt dessen stellte er sich vor der kleinen Bühne auf, die er mit seinem massigen Körper ganz verdeckte. So konnte er alles aus nächster Nähe sehen. Doch die Kinder brüllten und trampelten. Er nahm ihnen alle Sicht. Schließlich mußte er sich in der letzten Reihe aufstellen. Hier störte er am wenigsten.

Bald begann die Vorstellung. Der Kasper machte seine Späße. Das gefiel dem Riesen sehr. Er lachte, daß die Pfosten des kleinen Theaters wackelten. Plötzlich tauchte das Krokodil auf. Natürlich war es kein echtes Krokodil, sondern nur ein Kasperletheater-Krokodil aus Pappe. Aber es hatte ein entsetzliches Maul mit furchtbaren spitzen Zähnen.

Als der große Bluff das Krokodil sah, begann er zu bibbern und mit den Zähnen zu klappern. Er zitterte wie Espenlaub. Das Krokodil auf der Bühne

riß das Maul noch weiter auf als gewöhnlich. Ob vor Staunen über den furchtsamen Riesen oder aus Mordgier, kann heute nicht mehr mit Sicherheit festgestellt werden. Der große Bluff drehte sich um und rannte mit Riesenschritten davon. Er lief, was er konnte, und ließ sich nie mehr auf dem Jahrmarkt sehen.

Die Kinder aber lachten hinter dem ängstlichen Riesen her. Die kluge Küchenmaus Lutetia rief aufgeregt: „Piep! Piep!" Sie hatte sich nicht vor dem Pappkrokodil gefürchtet, und sie war doch nur eine winzigkleine Mäusedame!

Bluff wird gemalt

In einem Haus am Rande des Dorfes lebte die bekannte Kunstmalerin Irina Feldzwerg. Sie war ein älteres Fräulein, und sie liebte Kinder und Küchenmäuse. Deshalb kam der kleine Peter oftmals zu ihr zu Besuch, um sich die hübschen Bilder anzusehen. Fräulein Feldzwerg malte sehr viele und sehr schöne Bilder. Nicht nur dem kleinen Peter, sondern auch der Küchenmaus Lutetia gefielen sie. (Peter trug seine kleine Freundin ja immer in seiner Hosentasche spazieren.)

Die Malerin Feldzwerg liebte nicht nur Kinder und Mäuse, sondern auch riesengroße Riesen. Und sie hatte schon viel vom großen Bluff gehört. Nun hätte sie ihn gern einmal gemalt.

Fräulein Feldzwerg besprach den Plan mit Peter und der Maus Lutetia. Peter erklärte sich bereit, den

Riesen von dem großen Vorhaben in Kenntnis zu setzen. Die Malerin wollte ihn nämlich in seiner vollen Größe malen.

Nach langwierigen Verhandlungen war es endlich soweit. Der große Bluff war bereit, sich in Lebensgröße malen zu lassen. Fräulein Feldzwerg baute ihre Staffelei am Waldrand hinter ihrem Häuschen auf. Der große Bluff mußte sich auf einen Baumstumpf setzen. Damit das Bild auch besonders künstlerisch wertvoll wurde, mußte ein hübsches Motiv gefunden werden. Fräulein Feldzwerg hatte hierzu einen blendenden Gedanken: der kleine Peter mußte sich auf die rechte Schulter des Riesen setzen, die Küchenmaus Lutetia kam auf die linke Schulter. Dann mußten sich alle drei ganz ruhig verhalten. Peter durfte nicht einmal mit den Beinen baumeln. Danach konnte das Werk beginnen.

Fräulein Feldzwerg malte auf großen Papptafeln. Aber auch die größte Tafel hätte nicht ausgereicht, darauf einen Riesen in voller Größe zu malen. Also mußte die Künstlerin das Riesenwerk stückweise malen. Auf der einen Tafel war nur ein Fuß zu sehen, auf der andern eine Hand. Die dritte Tafel zeigte den Bramskopf des Riesen. Auf einer vierten Tafel waren ein Schulterstück und die Maus Lutetia zu sehen. Endlich war das Gemälde fertig. Peter und die Malerin schleppten die bemalten Papptafeln zum Dorfplatz. Dort legten sie sie wie die Felder eines Schachbretts zusammen. Es war ein richtiges Puzzlespiel.

Zuerst stimmte es vorn und hinten nicht. Der Riesenkopf lag unter den Händen. Die Beine ragten in die Luft. Aber dann waren alle Tafeln richtig geordnet, und siehe da: es stimmte haargenau! Der Riese lag in voller Größe auf dem Dorfplatz ausgebreitet. Auf seinen Schultern saßen der kleine Peter und die Küchenmaus.

Das war ein wunderschöner Anblick. Die Dorfleute kamen, um das Kunstwerk zu betrachten. Der Bürgermeister hielt eine Ansprache und dankte der Künst-

lerin mit einem Blumenstrauß. Am nächsten Tag sollte der Museumsdirektor aus der Stadt kommen, der das Werk für das Landesmuseum ankaufen wollte. Doch in der Nacht ging ein furchtbarer Platzregen nieder, der die Farben verwischte. Jetzt war das schöne Bild nichts mehr wert. Kein Museumsdirektor würde es mehr kaufen. Da war die Kunstmalerin Irina Feldzwerg sehr traurig. Auch Peter und die Küchenmaus waren sehr traurig. Am traurigsten aber war der große Bluff. Es war überhaupt eine ganz furchtbar traurige Geschichte.

Bluff im Hause Feldzwerg

Die bekannte Kunstmalerin saß in ihrem Häuschen am Dorfrand und weinte dicke Tränen. Es war ein tragisches Künstlerschicksal, das Fräulein Feldzwerg widerfuhr. Der kleine Peter und seine beste Freundin saßen bei der Malerin im Wohnzimmer und versuchten sie zu trösten.

„Vielleicht hätte der Museumsdirektor das Bild gar nicht für das Museum angekauft", wagte der kleine Peter einzuwenden. „Das Gemälde war einfach zu gewaltig. Sie hätten ein neues Museum bauen müssen, um es richtig aufhängen zu können. Das wäre sicher sehr teuer gekommen."

„Die Arbeit war es wert!" jammerte Fräulein Feldzwerg. „Es war das Werk meines Lebens!"

Plötzlich wurde es dämmerig im Zimmer wie bei einer Sonnenfinsternis. Als Peter zum Fenster lief, sah er, daß ein Riesenbein die Aussicht verstellt hatte: der große Bluff stand im Vorgarten des Häuschens! Auch er war gekommen, um der enttäuschten Künstlerin Trost zu spenden.

Peter und die Küchenmaus Lutetia liefen in den Vorgarten. Die Malerin folgte ihnen langsam nach. Da stand er doch wirklich und hatte einen riesigen Blumenstrauß in der Hand! Blumenstrauß war eigentlich nicht der richtige Ausdruck dafür. Es war nämlich ein Baumstrauß, den der Riese unterwegs gepflückt hatte. Junge Birken, Lärchen und Tannenbäumchen hatte er zu einem hübschen Bukett geordnet. Dazwischen steckten große Äste von blühenden Ulmen. Der Strauß war fast so groß wie das Häuschen der Malerin. Fräulein Feldzwerg wäre fast von dem Riesenstrauß erschlagen worden, denn Bluff wollte ihn ihr in die Arme drücken. Der kleine Peter aber konnte die verwirrte Künstlerin noch schnell auf die Seite ziehen und so ein Unglück verhindern.

„Ich wollte nur sagen, Sie sollten es nicht so schwer nehmen mit dem verregneten Gemälde", brummte der Riese. „Wir können ja ein neues Bild malen. Ich will gern wieder Modell sitzen!"

Der Malerin traten Tränen in die Augen. Diesmal waren es Tränen der Freude. „Du bist so gut zu mir, großer Bluff", schluchzte sie. „Ihr seid überhaupt alle so gut zu mir. Ich weiß gar nicht, womit ich das verdient habe. Komm mit ins Haus, Bluff! Trink ein Täßchen Kaffee mit uns."

Peter gab zu bedenken, daß der Riese gar nicht ins Haus hineinpassen würde. Aber Fräulein Feldzwerg ließ sich nicht beirren. Sie war zu glücklich und sah keine Gefahr.

„Ach was", sagte sie. „Wir schieben den großen Schrank von der Diele ins Freie. Dann hat Bluff Platz genug."

Mit einer Energie, die ihr niemand zugetraut hätte, begann sie, ihr Haus auszuräumen. Tisch, Schrank, Kommode und Stühle wurden bis zur Tür geschoben.

Peter und die Küchenmaus Lutetia schoben kräftig mit. An der Tür aber nahm der Riese die Möbel in Empfang und setzte sie vorsichtig in den Garten. Endlich war genügend Platz geschaffen. Bluff konnte auf allen vieren durch die sperrangelweit geöffnete Haustür ins Innere kriechen. Hier mußte er zwar etwas krumm sitzen, weil er mit dem Kopf gegen die Decke stieß, aber das machte ihm nicht viel aus. Fräulein Feldzwerg heizte den Badeofen an und kochte eine ganze Badewanne voll Kaffee.

„Man muß sich nur zu helfen wissen, wenn überraschend Besuch ins Haus kommt", sagte sie lachend.

Es wurde ein ganz reizender Nachmittag, und der große Bluff trank den Kaffee aus Wassereimern. Am Abend wurde das Haus wieder eingeräumt. Der Riese kehrte in die Berge zurück. Ob er der Malerin noch einmal Modell gesessen hat, weiß heute niemand mehr zu sagen.

Bluff als Hochzeitsgast

Der Tag, an dem die älteste Tochter des Bürgermeisters sich verheiratete, blieb den Bewohnern des Dorfes noch lange in Erinnerung. Das Fest wurde im großen Saal des „Gasthauses zur Post" gefeiert, denn zu der Hochzeit waren viele Gäste geladen.

Die Kinder standen draußen vor den Fenstern und drückten sich die Nasen platt. Sie durften noch nicht bei dem großen Fest dabeisein. Aber zuschauen, das durften sie schon.

Im Saal waren mehrere Tische zu einer langen Tafel zusammengeschoben. Sie waren mit weißen Tischtüchern bedeckt. An der Tafel nahmen die Hochzeitsgäste Platz. In der Mitte saß das glückliche Brautpaar. Rechts und links saßen die ebenfalls glücklichen Eltern der Braut und des Bräutigams. Die Wirtsköchin trug die Speisen auf: Suppe, Geflügel

und saftige Braten. Der Wirt schenkte Wein aus. Auf einem Tisch im Hintergrund standen Torten und süßes Gebäck. Den Kindern am Fenster lief das Wasser im Munde zusammen. Unter ihnen war auch Peter, der wieder einmal seine beste Freundin dabei hatte. Alle schauten sie mit sehnsüchtigen Blicken auf die herrlichen Gaumenfreuden. Sie wären gern beim Hochzeitsmahl dabeigewesen.

Es dauerte aber gar nicht lange, da geschah etwas Furchtbares, so daß die meisten zuschauenden Kinder froh waren, das grausame Spiel nicht aus nächster Nähe miterleben zu müssen. Woher er kam,

wußte niemand zu sagen. Plötzlich war er durchs Dorf getappt und steuerte geradewegs auf das „Gasthaus zur Post" zu.

Es war der große Bluff, der Riese vom Berg, der die saftigen Hochzeitsbraten wohl gerochen haben mochte. Er zwängte sich durch die Tür und trat in den großen Saal ein. Dieser Saal war mächtig groß und hoch. Doch der große Bluff konnte nur gebückt darin stehen. Die Hochzeitsgäste kreischten durcheinander: „Der große Bluff ist da! Der große Bluff ist da!" Dieses Gekreische war eigentlich unnötig, der Riese war wirklich nicht zu übersehen. Er war ruhig und manierlich und brummte: „Seid still, Leute. Regt euch wieder ab! Ich will nur ein bißchen mit euch feiern!"

Die schöne Braut war weiß wie ein Leinenlaken geworden. Sie fiel dem Bräutigam ohnmächtig in die Arme. Die unglückliche Brautmutter mußte ihr ein Riechfläschchen unter die Nase halten. Die Köchin wedelte ihr mit der Küchenschürze Kühlung zu.

Endlich kam sie wieder zu sich, und der große Bluff stellte sich vor dem Brautpaar auf.

„Ich wünsche euch alles Gute. Das Brautpaar, es lebe hoch!" brüllte er mit seiner starken Brummstimme, daß der Kronleuchter bebte. Dann legte er einen großen Bergkristall als Hochzeitsgeschenk auf den Tisch. Den hatte er oben in den Bergen selbst gefunden. Es war ein wertvoller Stein, und die Gäste wußten jetzt, daß der Riese in friedlicher Absicht gekommen war. Trotzdem dachte niemand daran, noch weiter zu tafeln und zu schmausen.

Da rief der Riese: "Laßt uns die Tische wegräumen. Wir wollen jetzt tanzen!"

Gesagt, getan. Die Tische wurden schnell abgeräumt und dann auf den Flur gestellt, denn der Wirt bangte um sein gutes Geschirr und um seine Einrichtung. Die Musikanten machten ihre Instrumente bereit. Dann begann der Tanz.

"Den ersten Tanz tanze ich mit der schönen Braut!" rief Bluff.

Die junge Frau fiel vor Schreck fast wieder in Ohnmacht. Doch der Riese nahm sie ganz behutsam auf den Arm und begann, sich im Kreise zu drehen. Die Hochzeitsgäste drückten sich an die Saalwände, um nicht aus Versehen von dem Fettkoloß totgetreten zu werden. Den Kindern draußen am Fenster blieb vor Aufregung die Luft weg.

Er tanzte immer wilder. Er stampfte und dröhnte, daß der Putz in großen Fladen von der Decke fiel. Da hörten die Musikanten auf zu spielen. Bluff schien vom Tanzen erschöpft zu sein, denn er sagte:

"Ich habe jetzt genug für heute und werde wieder in meine Berge zurückkehren."

Das tat er dann auch. Die Hochzeitsgäste atmeten auf. Allerdings hat keiner von ihnen dieses Hochzeitsfest jemals vergessen.

Bluff bekommt Besuch

Der kleine Peter war sehr neugierig. Eines Tages bekam er Lust, den gutmütigen Riesen einmal in seiner Wohnung zu besuchen. Bisher hatte es noch kein Dorfbewohner gewagt, so weit die Berge hinaufzuklettern. Doch Peter unternahm dieses Wagnis ausgerechnet an einem grauen Nebeltag, als schwarze Regenwolken über den Berggipfeln hingen. In seiner Begleitung war natürlich Lutetia, Peters beste Freundin. Sie schien mit Peters Vorhaben nicht so ganz einverstanden zu sein, denn sie piepste laut und hüpfte aufgeregt hin und her. Doch der kleine Peter steckte die zappelige Küchenmaus einfach in seine Hosentasche. Dort mußte sie sich ruhig verhalten. Nur ihr grauer Mausekopf schaute aus der Hosentasche heraus.

Der Bub kletterte munter bergan. Anfangs war das ein leichtes Unternehmen. Bis zu den grünen Hangwiesen, wo im Sommer die Dorfkühe weideten, führte ein breiter und bequemer Weg. Danach wurde der Pfad schmaler. Je höher der kleine Peter hinaufstieg, um so unwegsamer wurde die Gegend. Was die kluge Küchenmaus mit ihrem Mäuseinstinkt geahnt hatte, trat ein: die schwarzen Wolken über den Berggipfeln hielten die Feuchtigkeit nicht mehr, es begann zu regnen.

Schon nach wenigen Minuten war der kleine Peter pitschnaß. Die kluge Maus saß zwar noch im Trockenen. Aber auch ihre Lage war alles andere als angenehm. Was sollten sie machen? Der Rückweg bis

ins Dorf würde Stunden dauern. Allerdings war auch der Pfad bis zur Behausung des Riesen im Regen kaum mehr auszumachen. Fast eine Stunde lang mußte der Kleine durch den Regen tappen. Da gelangte er, inmitten der Berggipfel, auf eine weite Hochebene. Im Hintergrund ragte ein besonders hoher Berg in die Höhe. In diesen Berg war eine riesige Höhle hineingeschlagen, das war die Riesenwohnung.

Der Zufall war dem kleinen Abenteurer zur Hilfe gekommen, und er hatte riesiges Glück gehabt. Es war nämlich gar nicht so einfach, die Riesenhöhle zu finden, wenn man sich nicht im Gebirge auskannte.

Der Riese war darum auch mehr entsetzt als erfreut, als die unerwarteten Gäste plötzlich bei ihm eintraten. Peter war klitschnaß, und aus der Küchenmaus Lutetia war inzwischen eine Wassermaus geworden. Trotzdem hieß der große Bluff die beiden willkommen und bat sie in die Höhle.

Er schleppte sogleich drei Baumstämme herbei und machte ein Riesenfeuer. Das nasse Holz schwelte und qualmte, daß Peter und die arme Lutetia beinahe erstickten. Peter mußte seine durchnäßten Kleider ausziehen und sich ganz dicht an das Feuer setzen. Nur seine kurze Unterhose durfte er anbehalten. Der Riese versuchte, die nasse Kleidung über dem Feuer zu trocknen. Da das Feuer zu sehr schwelte, gelang das Vorhaben nicht. Jetzt war guter Rat teuer. Da kam der Riese auf den putzigen Gedanken, dem kleinen Peter einen von seinen groben Riesenkitteln zu leihen. Peter probierte den Kittel und – war darin verschwunden! Lutetia piepste aufgeregt. So etwas Lustiges hatte sie noch nie gesehen. Der große Bluff aber krempelte dem kleinen Buben die Ärmel des Riesenkittels auf, so daß er sich einigermaßen bewegen konnte. Die Schöße des Kittels schleppten mindestens vier Meter hinter ihm her.

Glücklicherweise hörte nun der Regen auf, und der große Bluff sagte: „Ich werde dich und die Maus persönlich ins Dorf bringen, damit du dich nicht erkältest. Behalte meinen Kittel ruhig an. Die Sachen können wir ja ein andermal umtauschen."

Peter wagte nicht zu widersprechen. Bluff nahm ihn auf seine eine Schulter. Die Küchenmaus setzte er auf die andere Schulter. Dann ging es mit Riesenschritten hinunter ins Dorf. Der große Bluff kannte hier jeden Weg und Steg. Schon in einer Viertelstunde hatten sie den Dorfrand erreicht. Dort setzte er Peter und die Maus ab und sagte:

„So, ich verschwinde jetzt lieber. Sonst heißt es womöglich, ich hätte euch diese Dummheit eingebrockt und euch eingeredet, mich ausgerechnet bei

Regenwetter zu besuchen. Meinen Kittel hole ich mir nächste Woche wieder. Dann bringe ich auch deine getrockneten Sachen vorbei."

Noch ehe Peter danke sagen konnte, war der Riese schon wieder auf dem Weg ins Gebirge. Also blieb dem Kleinen nichts anderes übrig, als mit dem riesengroßen, groben Riesenkittel ins Dorf zu schlurfen. Die Maus Lutetia hatte sich hinten auf die Schleppe gesetzt. Die Rockschöße des Riesenkittels schleiften wie ein langer Schlitten über die Asphaltstraße. Die Dorfbewohner, die den seltsamen Aufzug sahen, schüttelten den Kopf.

Bluff und die Langholzfuhre

Eines Nachmittags im Winter stapfte der große Bluff durch den verschneiten Winterwald. Da traf er den Bauern Krause, der mit einem Pferdegespann Langholz aus dem Wald geholt hatte. Die Waldwege waren von weißen Flocken verweht. Vor dem Berg war die Fuhre in Schnee und Schlamm steckengeblieben.

Krause knallte mit der Peitsche. Die beiden Ackergäule bemühten sich vergeblich, die schwere Fuhre wieder flottzumachen. Bauer Krause schimpfte und fluchte. Hilflos stapfte er mit seinen schwarzen Gummistiefeln im tiefsten Schneematsch herum. Bluff aber hatte sich an einen dicken Fichtenstamm gelehnt und lachte, daß die Baumkrone wackelte.

„Lach nicht so blöd", schalt der Bauer. „Pack lieber mit an!" Er wußte, daß der große Bluff ein harmloser und gutmütiger Kerl war. Deshalb konnte er so energisch mit ihm reden.

Bluff grinste über das ganze Gesicht. Dann beugte er sich nieder, packte den Bauern mit seiner großen Faust und hob ihn hoch. Der arme Kerl zappelte in der Riesenpranke, daß es ihm fast die Gummistiefel ausgezogen hätte.

„He, was machst du?" schrie er mit erstickter Stimme. „Willst du mich umbringen?"

Der Bauer hatte nun doch Angst bekommen. Aber die Angst war grundlos. Der gutmütige Riese setzte den Bauern auf die Langholzfuhre und gab ihm die heruntergefallenen Zügel in die Hand. Dann bückte er sich und wuchtete sich die schwere Fuhre samt den Pferden auf die Schultern! Fröhlich pfeifend schritt er mit der schweren Last über Berg und Tal.

Bald hatte er den Wald hinter sich gelassen und die Landstraße erreicht. Bluff schritt auch noch die Landstraße hinunter bis kurz vor das Dorf. Dort setzte er seine Last vorsichtig ab. Der Bauer konnte unbeschädigt davonfahren.

Einige Leute aus dem Dorf hatten alles beobachten können. Die gute Tat des Riesen gab für längere Zeit einen interessanten Gesprächsstoff ab. Ohne den Dank des Bauern abzuwarten, war der große Bluff wieder in seine Berge zurückgekehrt. Ja, so einer war der Riese!

Bluff auf dem Flugplatz

Lange Zeit hatten die Dorfbewohner nichts mehr von dem Riesen Bluff gehört. Inzwischen vergrößerte sich die nahegelegene Stadt. Von Jahr zu Jahr dehnte sie sich mehr aus, so daß sie jetzt schon bis an den Rand des Dorfes heranreichte. Wo früher die großen Wiesen gewesen waren, wurde ein moderner Flugplatz gebaut. Tag und Nacht war dort Betrieb. Man hörte das Schnaufen der Betonmischmaschinen und das Quietschen der hohen Turmbaukräne. Schon waren die ersten Flughallen errichtet. Die große Landepiste war fertiggestellt worden.

Da kam eines Tages der große Bluff von seinem Berg, um sich das Werk der Menschen zu betrachten. In der Zwischenzeit war er älter geworden, leider auch noch einfältiger und täppischer, als er früher schon gewesen war. Wahrscheinlich hatte er auf seinem Berg nicht mehr ruhig schlafen können, seitdem der Flugplatz gebaut wurde. Jedenfalls war der Riese von diesem Menschenwerk nicht begeistert. Er hatte es sich tatsächlich in seinen dummen Kopf gesetzt, den weiteren Ausbau des Flugplatzes zu verhindern!

Besonders ein großer Turmdrehkran hatte es dem Riesen angetan. Der Kran transportierte gerade schwere Eisenträger. Bluff aber stolperte auf das quietschende Ungetüm zu und rief:

„Halt, warte! Dir werde ich den Hals umdrehen! Du hast bald ausgequietscht!"

In seiner Wut übersah der Riese eine große Baugrube, die auf dem Flugplatz ausgehoben worden war. Er starrte nämlich nur in die Luft, wo sich der Hebearm des Baukrans drehte, anstatt auf seine Füße zu achten. Wie es nun das Unglück wollte: er beging einen Fehltritt und purzelte kopfüber in die Baugrube hinein!

Glücklicherweise waren keine Arbeiter mehr in der Grube, so daß kein Mensch zu Schaden kam. Der arme Bluff aber steckte in der Klemme! Seine Riesenbeine waren das einzige, was über den Rand der Grube hinausragte. Sein plumper Körper aber war so unglücklich eingeklemmt, daß er sich nicht rippeln und nicht rühren konnte.

Die Arbeiter vom Flugplatz liefen zusammen, um sich den Unfall zu betrachten. Der Riese stöhnte.

„Hier hilft nur der Bagger. Der Bagger wird ihn retten!" rief einer der Maurerlehrlinge.

Das war ein guter Vorschlag. Er wurde sofort in die Tat umgesetzt. Der gewaltige Bagger wurde an den Rand der Baugrube herangerückt. Dann packten die großen Beißschaufeln fest zu. Es dauerte nicht lange, und der große Bluff schwebte in der Luft. Dann wurde er sanft zu Boden gesetzt. Die Zuschauer klatschten begeistert Beifall. Der große Bluff aber, sobald er wieder Boden unter den Füßen spürte, stapfte eilig und ohne Dank davon. Er verschwand wieder in seine Berge. Noch lange Zeit konnten die Leute ihn auf seinem Weg ins Gebirge schimpfen hören.

Bluff kämpft gegen ein Flugzeug

Der neue Flugplatz war dem Riesen ein Dorn im Auge. Er sann hin und her, wie er ihn vernichten konnte. Er war voller Rachegedanken, seitdem er in die Baugrube gestürzt war. Dabei hatte er sich gehörig vor den Bauleuten blamiert.

Inzwischen war der Flugplatz eingeweiht worden. Die ersten Flugzeuge starteten und landeten bereits auf dem Rollfeld. Selbst in der Nacht gab es keine Ruhe. Die großen Düsenmaschinen donnerten vom Flugplatz aus über das Gebirge, daß der arme Riese nicht mehr schlafen konnte. Der Lärm der Flugzeuge störte seine Riesenruhe. Er hatte empfindliche Ohren. Da beschloß der dumme Kerl, die Flugzeuge vom Flugplatz zu verjagen. Er dachte, er könnte sie einfach wie große Vögel verscheuchen. Aber so einfach ging das nicht, das sollte er bald erfahren.

Eines Nachmittags, als auf dem Flugplatz gerade Hochbetrieb herrschte, kletterte der Riese von seinen Bergen herunter und stapfte auf den Flugplatz. Dort stellte er sich mitten auf die Rollbahn. Gab das eine Aufregung! Es war gerade ein großes Flugzeug gemeldet worden, das bereits zur Landung angesetzt hatte.

Was war hier zu tun?

Der Flugplatzkommandant ließ eine Gefahrenmeldung über Lautsprecher verkünden. Es war höchste Alarmstufe. Der Riese hörte und verstand die Durchsage recht gut. Aber er rührte sich nicht vom Fleck. Da wußte der Kommandant, daß der täppische Kerl es darauf angelegt hatte, das Flugzeug an der Landung zu hindern. Auch das Bodenpersonal konnte

nicht mehr eingreifen. Das Flugzeug befand sich bereits über der Anflugschneise. Schon berührte es die Rollbahn und kam nun mit hoher Geschwindigkeit angebraust.

Anfangs blieb der große Bluff tapfer. Aber wie er nun den blinkenden silbernen Vogel in rasender Geschwindigkeit auf sich zukommen sah, gab es kein Halten mehr. Die Angst hatte ihn gepackt: plötzlich drehte er sich um und rannte vor dem Flugzeug davon!

Anstatt aber zur Seite zu springen, um das Flugzeug vorbeizulassen und sich in Sicherheit zu bringen, wetzte er über die Rollbahn wie vom Teufel besessen. Das große Fahrzeug war ihm dicht auf den Fersen.

Allerdings verringerte es seine Geschwindigkeit zusehends. Doch auch Bluff war völlig erschöpft und außer Atem. Kurz vor dem Ende der Rollbahn strauchelte er und brach zusammen. Glücklicherweise kam hier auch das Flugzeug zum Stehen, so daß nur der eine Flügel der Tragfläche den Riesen leicht streifte, ihm aber weiter kein Schaden zugefügt wurde. Beschämt zog er sich, nachdem er sich etwas erholt hatte, wieder in seine Berge zurück. Er wußte nun: gegen die moderne Zeit kämpfen selbst Riesen vergebens.

Bluff kann Häuser versetzen

Zu der Zeit, als man in der Nähe des Dorfes den Flugplatz baute, wurde auch die alte Landstraße erneuert. Sie bekam eine glänzende Asphaltdecke und war nun doppelt so breit wie vorher.

Da die Landstraße mitten durch das Dorf führte, gab es eine besondere Schwierigkeit. In der Mitte des Dorfes stand nämlich das altertümliche und ehrwürdige „Gasthaus zur Post". Vor diesem Gasthaus hatten in früheren Zeiten die Postkutschen gehalten. Das Gebäude war mehrere hundert Jahre alt. Nun sollte das schöne alte Haus abgerissen werden, weil es zu dicht an der Straße stand. Es behindere dort den Verkehr zum neuen Flugplatz, hieß es.

Die Dorfbewohner waren sehr traurig. Sie trennten sich nur ungern von ihrem lieben alten Gasthaus, an dem so viele schöne Erinnerungen hingen.

Auf dem Dorfplatz wurde gerade eine große Einwohnerversammlung abgehalten, als der Riese in den Ort hineingeschneit kam. Unter den Versammelten war auch Peter Krause, der inzwischen zu einem jungen Mann herangewachsen war. Die kluge Küchenmaus Lutetia hatte das Zeitliche gesegnet. Das war für Peter ein schwerer Verlust gewesen. Aber Mäuse werden nun mal nicht älter als höchstens sechs Jahre. Weder Peter noch die anderen beachteten den Riesen, denn sie waren viel zu sehr mit sich und ihrem Problem beschäftigt.

Kein Protest hatte bisher geholfen. Die Straßenbaubehörde hatte den Abbruch des alten Hauses beschlossen. Schon morgen sollte ein Sprengmeister kommen, um es dem Erdboden gleichzumachen.

Da trat der große Bluff unter die Menge und bat um Gehör. Er war inzwischen über die Vorgänge genau informiert und wußte, was hier gespielt wurde. Außerdem hegte er einen Haß auf alles, was mit dem Flugplatzbau zusammenhing. Wegen des Flugplatzes aber mußte die Straße erweitert werden. Und weil die Straße erweitert wurde, sollte das Gasthaus fallen.

„Wenn euch das Haus so lieb und wert ist", sagte er zu den Dorfbewohnern, „warum setzt ihr es dann nicht an eine andere Stelle?"

„Wahr gesprochen!" rief der Gastwirt mit hochrotem Kopf. „Schon fünfzehn Meter nach hinten würden genügen, um reichlich Platz für die Straße zu bekommen. Doch welcher Mensch ist in der Lage, ein Haus zu versetzen?"

„Nichts leichter als das!" Der große Bluff grinste. „Ich weiß, daß ich es schaffe. Ich brauche nur meine Riesensäge."

Hinter dem Haus war der große Wirtsgarten. Dort gab es genügend Platz. Niemand würde sich dort daran stören.

Die Dorfbewohner waren starr vor Staunen. Doch dann kam Leben in die Menge. Ein kühner Plan wurde gemacht. Schon gossen Maurer und Tiefbaufachleute hinten im Wirtsgarten ein neues Fundament, während Bluff ins Gebirge zurücktappte und seine Riesensäge holte. Auf dem neuen Fundament sollte das alte Haus stehen. Alles war genau berechnet.

Bald kam er mit seiner Riesensäge und sägte, ritsche-ratsche, alle Grundmauern des Hauses genau über dem Erdboden durch. Das war leichter gesagt als getan. Doch der starke Koloß schaffte es. Unbeschädigt wurde das Haus durchgesägt. Dann begann Bluff mit seiner Riesenkraft, das Haus zu verschieben. Vorsichtig, Meter um Meter stemmte er das Haus zurück.

Gegen Abend endlich war das Werk geschafft. Der große Bluff schwitzte aus allen Poren. Doch das „Gasthaus zur Post" stand auf seinem neuen Fundament. Nicht eine Fensterscheibe war dabei entzweigegangen. Die Maurer machten sich daran, die Fugen zwischen Fundament und Mauern auszuschmieren. Das altehrwürdige Gebäude war gerettet. Der Jubel der Dorfbevölkerung wollte kein Ende nehmen.

Noch am Abend gab es in der verrückten Gastwirtschaft ein großes Fest mit Freibier. Wieder war der Riese beim Tanzen dabei.

Von diesem denkwürdigen Tag an hieß die Wirtschaft nicht mehr „Gasthaus zur Post", sondern sie bekam den Namen „Alte Schänke zum großen Bluff". Das war eine riesengroße Ehre für den starken Kerl. Er freute sich mächtig darüber.

Bluff will Geld verdienen

Lange Zeit war der Riese wieder auf seinem Berg geblieben, dann war er des Alleinseins müde. Eines Tages stieg er ins Dorf herab und traf auf Peter.

Auf die Frage des Riesen, was denn im Dorf los sei, erklärte Peter: „Ja, weißt du denn noch gar nicht, daß unser Dorf Kurort geworden ist?"

Bluff brummte nur unverständliches Zeug. Er mußte die letzten ereignisreichen Monate wirklich verschlafen haben. Jetzt konnte er nur noch staunen.

Ehrlich gesagt, er war kein Freund des Fortschritts. Erst hatte man einen Flugplatz in der Nähe des Dorfes gebaut und viel Unruhe in die Berge gebracht. Dann hatte man eine neue Landstraße angelegt und die alte Dorfstraße verbreitert. Und jetzt die Sache mit dem Kurort!

Peter erklärte dem Riesen, daß man in wenigen Monaten am Dorfrand ein großes, funkelnagelneues Hotel aus dem Boden gestampft habe. Schon am folgenden Sonntag sollte die Eröffnung sein. Außerdem werde noch immer dringend Personal gesucht. Wenn er sich im Gebirge einsam fühle und gern wieder einmal unter Menschen sein wolle, so schloß Peter scharfsinnig, dann solle er sich beim Hoteldirektor vorstellen und um Arbeit nachfragen.

Anfangs war er gar nicht für diesen Plan zu haben. Aber dann packte ihn die Neugier. Er wollte sich den neuen Wunderbau wenigstens einmal ansehen. Peter begleitete ihn. Als aber Bluff den für diese ländliche Gegend wirklich riesenhaften Hotelneubau näher in Augenschein genommen hatte, war auch er plötzlich Feuer und Flamme dafür, in diesem großen Hause zu wirken und Geld zu verdienen.

Peter mußte dem Riesen ein Gespräch mit dem Herrn Direktor vermitteln, und o Wunder: der große Bluff bekam eine Anstellung als Portier im neuen Hotel „Alpenblick"! Einmal war der Arbeitskräftemangel groß, der Direktor war froh über jede Hilfskraft, die sich meldete. Zum andern versprach er sich von dem großen Bluff eine besondere Anziehungskraft für sein Unternehmen. Welches Hotel kann sich heute noch einen echten Riesen als Portier halten?

Der Betrieb klappte auch über alles Erwarten gut. Schon am Sonntag kamen die ersten Gäste. Von nun ab strömte täglich viel Publikum herbei, um Bluff zu sehen. Es war allseitig gewinnbringend, einen Riesen zum Empfangschef zu haben. Besonders die Damen bewunderten den großen Kerl.

Wenn ein Auto mit Gästen vorfuhr, schnappte sich Bluff sofort die Koffer und schob sie gleich durch die offenen Fenster des ersten Stockwerks in die vorbestellten Zimmer. Der Riese war ja so riesig, daß ihm das gar keine Schwierigkeiten machte. Manchmal packte er auch die eine oder andere Dame um die Hüften und setzte sie auf einem der vielen Balkone wieder ab. Bis in den zweiten Stock reichte Bluff hinauf. Die Damen kreischten zwar fürchterlich, aber Spaß machte es ihnen doch.

Bluff nimmt ein Bad

Eines Tages, als der Riese Bluff seinen dienstfreien Tag hatte, ging er zu einem nahen Baggersee, um dort zu baden. Es war Hochsommer. Das klare Wasser in dem kleinen See war so wohlig warm. Deshalb legte er sich mitten hinein und ließ seinen Riesenkörper von dem Wasser überspülen. Nur sein dicker Riesenbauch schaute wie eine feuchte Käseglocke aus dem Wasser heraus.

Mit dem Kopf lag der Riese zwischen Trauerweidengebüsch, das über dem Wasser hing. Jeder, der vorüberkam, erblickte nichts weiter von ihm als seinen kugelrunden Bauch. Der sah nun aus wie eine schwimmende Insel inmitten des kleinen Sees, oder auch wie ein dicker Gasballon, dem ein wenig die Luft ausgegangen und der deswegen ins Wasser gestürzt war. Bluff jedenfalls, der vom vielen Kofferstemmen und Türenaufhalten recht müde war, schlief in dem für ihn flachen und von der Sonne angenehm erwärmten Wasser bald ein.

Da kamen zwei Schulbuben am See vorbei. Prompt wurden sie auf den Riesenbauch aufmerksam, der dort aus dem Wasser herauslugte. Sie fanden keine Erklärung für diese merkwürdige Insel mitten im See. Neugierig wie sie waren, zogen sie sich schnell aus und hüpften ins Wasser. Riese Bluff jedoch, selig entschlummert, merkte nichts von dem, was um ihn

herum vorging. Die Kinder schwammen auf die „Insel" zu und hatten sie auch bald erreicht. Eine unförmige, quabbelige Masse war dieses schwimmende Gebilde. Aber es war begehbar! Deshalb krabbelten sie auf den Riesenbauch hinauf.

Plötzlich kam Bewegung in die träge Masse. Riese Bluff war nämlich von Natur aus kitzelig. Als nun die Burschen an seiner Bauchwand hochkletterten, wachte er sofort auf. Er fühlte ein Zucken und Jucken

um seinen Bauchnabel herum. Schwupp! war er mit seiner Riesenhand da und hatte die beiden kleinen Abenteurer ins Wasser gefegt. Das kam für die Jungen natürlich völlig unerwartet. Sie schrien hell auf vor Schreck und versanken gluck-gluck im See.

Auf der Landstraße hatte man das Schreien gehört. Eine Gruppe Kurgäste lief am See zusammen. Auch der Riese war nun hellwach und sah, was er angerichtet hatte.

Behende sprang er auf, soweit seine Körpermassen das zuließen. Dann begann er nach den Ertrinkenden zu fischen. Sie hatten beide schon ziemlich viel Wasser geschluckt. Aber der Schrecken war noch größer als die Gefahr. Riese Bluff packte beide Buben an den Beinen und hielt sie hoch. Sie hingen in der Luft und zappelten! Doch das Wasser, das sie unfreiwillig geschluckt hatten, lief ihnen wieder aus dem Munde heraus. Das war gut so. Bluff watete ans Ufer und setzte dort die Bauchbesteiger ab. Sie saßen im Grase und hatten sich bald von ihrem Unfall erholt. Die Kurgäste aber gratulierten Bluff als Lebensretter und veranlaßten, daß er sogar vom Bürgermeister des Ortes eine Rettungsmedaille bekam. Hinterher hat es auch noch in der Zeitung gestanden.

Bluff als Packesel

Als es Winter geworden war, wurde der neue Skilift eingeweiht. Mit ihm konnten die Kurgäste und Sportler auf den Berg fahren, um hinterher auf ihren Skiern zu Tal zu wedeln. Das machte allen großen Spaß. Eines Tages jedoch versagte der neue Sessellift. Irgend etwas an der Konstruktion schien nicht in Ordnung zu sein. Der Antriebsmotor bockte. Dann gab es nur noch ein Knacken in der Leitung. Daraufhin war alles aus.

Der Hoteldirektor war in großer Aufregung. Was sollte er tun? Ein paar seiner Gäste schwebten in den Sesseln zwischen Himmel und Erde. Zurück zur Talstation konnten sie nicht mehr geholt werden. Hinauf zur Bergspitze ging es auch nicht mehr. Wie konnte man die Leute retten? Die armen Erholungsgäste würden über kurz oder lang in ihren luftigen

Sesseln erfroren sein. Das wäre ein trauriges Ende für einen fröhlichen Winterurlaub gewesen.

Doch Riese Bluff wußte Rat. Mit einem langen Feuerhaken bewaffnet, stapfte er den Berg hinauf. Er hakte den Feuerhaken an einem besetzten Sessel ein und zog ihn zu sich heran. Dann packte er den Insassen, hob ihn samt den Skiern heraus und steckte ihn sich in die riesige Rocktasche seines Riesenkittels. So gelang es ihm innerhalb kurzer Zeit, sieben Personen vor dem Erfrieren zu retten.

Als alle wieder glücklich im Tal waren, wurde die mutige Tat des Riesen ausgiebig beklatscht und gefeiert.

Die Reparatur des Lifts sollte lange Zeit in Anspruch nehmen. Die Hotelgäste konnten nicht mehr auf den Berg gelangen, um mit ihren Skiern ins Tal zu wedeln. Unmut und Enttäuschung machten sich breit. Die ersten Urlauber reisten ab. Der Hoteldirektor fürchtete schon seinen wirtschaftlichen Ruin. Doch im Augenblick der größten Krise kam man wieder auf einen glorreichen Gedanken: Riese Bluff sollte die Gäste zu Berge tragen!

Gesagt, getan. Es gab einen Riesenspaß.

Er trug immer ungefähr ein halbes Dutzend Wintersportler den Berg hinan. Er steckte sie in seine Rocktaschen oder setzte sie sich auf seine Schultern. Die Kinder trug er in seiner dicken Fellpudelmütze in der Hand. Die Skier schauten überall hervor. Es war ein lustiger Anblick. Den Gästen machte es mächtig viel Spaß.

Das Hotel und der Skihügel hatten noch nie soviel Zulauf gehabt wie jetzt, als der Riese den Packesel spielte. Als nach gut einer Woche der Skilift wieder in Betrieb genommen werden konnte, bedauerten es viele Gäste und vor allem die Kinder, daß die lustige Zeit vorbei war.

Bluff fliegt in die weite Welt

Jeder Riese hat ein Recht auf Erholung, dachte der große Bluff. Deshalb machte er nach den anstrengenden Tagen im Hotel erst einmal Urlaub.

Eines Tages erschien er wieder auf dem Flugplatz. Der Flugdienstleiter bekam einen großen Schreck. Was mochte der Riese im Sinn haben?

Zur Vorsicht alarmierte er die Feuerwehr. Im Notfall sollte sie mit einem kräftigen Wasserstrahl aus der großen Motorspritze den Riesen zur Vernunft bringen. Wie er aber darauf reagieren würde, wußte niemand zu sagen.

Doch der große Bluff führte etwas ganz anderes im Schilde. Er war wie alle Riesen ganz unberechenbar. Während er vor kurzem noch den Flugplatzbau verflucht hatte, wurde er jetzt von Neugier geplagt.

Er hatte erkannt, daß der Fortschritt nicht aufzuhalten ist. Nun wollte er die Technik kennenlernen!

Auf dem Flugplatz stand gerade eine große Chartermaschine zum Abflug bereit. Sie hatte früher wohl einmal als Transportflugzeug gedient und besaß einen riesengroßen Gepäckraum mit einer breiten Ladeluke. Heute diente die Maschine dazu, Urlaubsgäste an ihr Ferienziel zu bringen, wobei der Gepäckraum fast leer blieb.

Bluff ging auf das Flugzeug zu, öffnete die Luke und zwängte sich in das Innere hinein. Das Flugzeug knackte in allen Nähten. Die Umstehenden dachten, die Leichtmetallwände müßten jeden Augenblick auseinanderplatzen. Aber nichts geschah.

Natürlich hatten viele Leute beobachtet, was der Riese tat. Nur die Fluggäste waren ahnungslos. Der Flughafenkommandant war sogleich benachrichtigt worden. Der Flugkapitän und die Piloten der Maschine versuchten mit List und Tücke, den Riesen zum Aussteigen zu bewegen. Doch der große Bluff dachte nicht daran, das Flugzeug zu verlassen.

„Ich habe noch nichts von der Welt gesehen", sagte er. „Jetzt möchte ich auch einmal in einem Flugzeug fliegen und ferne Länder kennenlernen!"

Im Büro des Flughafenkommandanten klingelten in der Zwischenzeit die Telefone. Der Bürgermeister des Dorfes, der Landrat, der Kreisamtmann und der Landesminister für innere Angelegenheiten riefen an und baten, den Riesen doch ja im Flugzeug zu lassen und mit ihm davonzufliegen. Dies sei doch eine seltene und außerordentlich günstige Gelegenheit, den alten Bluff für alle Zeiten loszuwerden. In unserem modernen technischen Zeitalter sei für Riesen kein Platz mehr. In der gleichen Art äußerten sich auch die auf dem Flugplatz Anwesenden. Und die schnurstracks zum Flugplatz geeilten Dorfbewohner waren der gleichen Meinung. Nur der Hoteldirektor des „Alpenblick" hätte ihn gern behalten. Aber einer gegen alle – da mußte er nachgeben.

Die Nachricht von Bluffs Vorhaben hatte sich mit Windeseile herumgesprochen. Nur die Flugpassagiere waren noch immer ahnungslos. Endlich ließ sich der Flughafenkommandant umstimmen und gab den Befehl zum Abflug. Die große Chartermaschine mit siebzig Fluggästen, die sich brav und geduldig an ihren Plätzen angeschnallt hatten, und mit Bluff im Gepäckraum startete. Sie war zwar stark überladen, aber die Reise würde schon glattgehen. So dachten die Zurückbleibenden. Sie waren jedenfalls froh, daß der große Bluff davongeflogen war.

Bluff landet auf Gran Canaria

Die Passagiere merkten viel zu spät, was für eine merkwürdige Fracht sie im Gepäckraum ihres Flugzeugs mitführten. Dort hatte sich Bluff ausgebreitet! Von ausbreiten konnte allerdings kaum die Rede sein. Er hing und schwebte mehr im Innern des Flugzeugs, als daß er lag oder saß. Aber das Flugzeug war ohne Schwierigkeiten aufgestiegen und lag auch einigermaßen sicher in der Luft, wenn auch der Riese das Heck der Maschine erheblich niederdrückte.

Die siebzig Passagiere an Bord bekamen eine Heidenangst. Man hatte es ihnen nun schließlich doch nicht mehr verheimlichen können, was im Gepäckraum der Maschine vor sich gegangen war. Alle redeten und schimpften aufgeregt durcheinander. Aber jetzt war es zu spät, nichts war mehr zu ändern. Sie konnten nichts anderes tun, als still zu sein, durchzuhalten und auf einen guten Ausgang der Reise zu hoffen.

Über dem Meer geriet das Flugzeug plötzlich stark ins Schwanken. Zusehends verlor es an Höhe. Die Tragflächen berührten fast die Wasseroberfläche. Das kam daher, weil der große Bluff, der in einer sehr unbequemen Lage ausharren mußte, versucht hatte, sich umzudrehen.

Der Pilot schickte die Stewardeß zu ihm, um ihn zu ermahnen, sich ruhig zu verhalten. Er tat auch alles, was man ihm sagte. So ging es wieder aufwärts.

Endlich, nach sieben Stunden Flugzeit, war der Flughafen von Las Palmas erreicht. Ohne Bruchlandung gelangte die Maschine wieder auf festen Boden.

Die Passagiere atmeten erleichtert auf und verließen fluchtartig das Flugzeug. Der große Bluff aber lag wie ein riesengroßer Mehlsack im Gepäckraum. Er war völlig eingeklemmt. Seine Beine waren ihm eingeschlafen. Es war ihm unmöglich, ohne fremde Hilfe auszusteigen. Also wurden ungefähr zwanzig Mann vom Bodenpersonal zusammengetrommelt, um den großen Bluff aus dem Flugzeug herauszuwuchten. Die Luke wurde aufgerissen. Mit zerschundenen Gliedern stand Bluff endlich auf dem Flughafengelände.

Dort nahmen ihn schon die spanischen Polizisten in Empfang. Sie fragten ihn nach Ausweis und Impfzeugnis. Natürlich besaß Bluff weder das eine noch das andere. Da er auch kein einziges Wort Spanisch verstehen konnte, war die Unterhaltung mit ihm ziemlich schwierig.

Endlich wurde dem Riesen die Sache zu dumm. Mit einer energischen Handbewegung wischte er die Polizisten zur Seite und verließ den Flugplatz. Unvorsichtig wie er war, trampelte er ausgerechnet in eine Kaktushecke, die dort zur Zierde des Geländes angepflanzt worden war. Humpelnd und fluchend trollte er sich, und die spanischen Polizisten, die mit ihm solch üble Erfahrungen gemacht hatten, ließen ihn unbehelligt ziehen.

Bluff reist nach Afrika

Bluff trottete laut fluchend und bisweilen wehklagend über die Insel. Diese Stacheln in den Füßen konnte auch ein Riese nicht gut ertragen.

Zufällig geriet er in den ausgedehnten Hafen, der zu der Stadt Las Palmas gehört. Hier lagen viele Schiffe vor Anker. Beim Anblick der gewaltigen Dampfer vergaß der Riese alle seine Schmerzen und Leiden. Er hatte nur noch den einen Gedanken: auf einem großen Schiff über das weite Meer zu fahren!

Nun lag im Hafen der Dampfer „Löwe von Kastilien" gerade zur Ausfahrt nach Afrika bereit. Diesen Dampfer betrat der Bluff. Das gab eine Aufregung unter den Matrosen und ein Durcheinander bei den Passagieren! Aber er störte sich nicht daran.

Der Kapitän des Schiffes rief die Hafenpolizei herbei. Der große Bluff hatte sich nämlich einfach aufs Oberdeck des Schiffes gesetzt. Der Kapitän verlangte, daß die Ordnungshüter den Riesen verhaften und ins Gefängnis einsperren sollten.

Aber die Polizisten dachten nicht daran. Für sie war es eine gute Gelegenheit, den unliebsamen Riesen von der Insel fortzubringen. So verbannten sie den großen Bluff nach Afrika!

Der Kapitän mußte sich fügen. Er mußte versprechen, den Riesen in Afrika im Gebiet der Wüste Sahara abzusetzen und ihn nie wieder nach Gran Canaria zurückzubringen. Die Sahara war als Aufenthaltsort für Leute bekannt, die sich in Spanien unbeliebt gemacht hatten. So kam es, daß der täppische Kerl eine kostenlose Seereise unternehmen durfte, die vier Tage lang dauerte.

In den ersten zwei Tagen war er sehr krank. Das gleichmäßige Schaukeln des alten Dampfers bekam ihm nicht. Doch dann hatte er sich daran gewöhnt. Nach weiteren zwei Tagen kam er gesund und munter vor dem afrikanischen Festland an. Es war an der Küste der zu Spanien gehörenden Provinz Westsahara.

Doch hier gab es wiederum Schwierigkeiten mit den Hafenbehörden. Und der Polizeikommandant von La Güera, so hieß der Ort, wollte auf alle Fälle verhindern, daß ein so ungeschlachter Riese in die

Stadt kam. Deshalb erhielt der „Löwe von Kastilien" keine Landeerlaubnis und mußte auf der Reede, weit draußen auf offenem Meer, vor Anker gehen. Vergeblich versuchte der Kapitän, die Behörden umzustimmen. Endlich entschloß er sich, nach Spanien abzudampfen und den Riesen Bluff dort abzuliefern. Sollte doch die Regierung sehen, was sie mit ihm anfing. Was ging ihn das an! Aber als Bluff hörte, daß die Anker gelichtet wurden und das Schiff unter Dampf ging, wurde er unruhig. Und gerade als der „Löwe von Kastilien" Fahrt aufnehmen wollte, sprang er über Bord und watete mit Riesenschritten dem Ufer zu. Das Wasser ging ihm bis an den Hals, aber bald wurde es flacher, und er kam wohlbehalten am Strand von La Güera an. Kapitän und Schiffsbesatzung riefen laut hurra, so froh waren sie, den Riesen los zu sein, und der „Löwe von Kastilien" lief mit voller Fahrt in den Atlantik hinaus.

Dagegen war die Begeisterung der Behörden und Einwohner von La Güera weitaus geringer. Zwar hatte die Strömung den großen Bluff am Hafen vorbeigetrieben, aber er kam haargenau am großen Badestrand an. Der war dichtbesetzt mit Menschen, die sogleich schreiend die Flucht ergriffen, als sie den Riesen auf sich zukommen sahen.

Der Polizeikommandant alarmierte sofort seine gesamte Polizei. Aus der nahen Garnison wurde eine Panzerabteilung herbeordert. Gewiß hätte es ein Blutbad gegeben, und mit dem großen Bluff wäre es aus gewesen, wenn der Riese nicht eiligen Schrittes in den hohen Dünen verschwunden wäre. Er wandte dem Meer und der Stadt den Rücken und stapfte landeinwärts in die große Wüste Sahara hinein.

An eine Verfolgung war nicht zu denken. Das Gelände war zu unwegsam, und der Riese hatte zuviel Vorsprung. Dann brach die Nacht herein, und schließlich waren Einwohner und Behörden von La Güera froh, das Ungetüm los zu sein. Noch tagelang konnte man in den Dünen die riesigen Fußtapfen des Riesen sehen. Dann kam ein Sandsturm und verwehte alle Spuren.

Man hat nie wieder etwas vom großen Bluff gehört.

Bunte Kinderbücher zu Taschenbuchpreisen

Schreibschriftbücher in Blaudruck mit bunten Bildern

Bruno Horst Bull	Das Wunderhuhn
Berti Breuer-Weber	Das kleine alte Auto
Gerhard Kloss	Lauter bunte Luftballons
Gerhard Kloss	Hasso und Putzi
Hans Korda	Hansi, der Schlauberger
Horst Lipsch	Unser Freund, der Igel
Horst Lipsch	Adlerfeder auf dem Kriegspfad
Martha Schlinkert	Der kleine Hoppediz
Martha Schlinkert	Hoppediz und Quirlewitt
Sabine Boehringer	Der kleine Feuerwehrmann
Sabine Boehringer	Der Dackel Florian
Berti Breuer-Weber	Kunterbunte Sachen
Gerhard Kloss	Karins Lieblingstier
Gerhard Kloss	Die Stadtmusikanten
Maria Voderholzer	Vier fröhliche Geschwister
Karl-Heinz Weise	Antje im Holunderbaum

Bunte Gänselieselbücher

Thea Eblé	Der fliegende Heinzelmann
Wilhelm Hauff	Der kleine Muck
Erwin Hauner	Die Quellenzwerge
Kurt Knaak	Ricki, das Rehlein
Kurt Knaak	Hunde, meine Freunde
Kurt Knaak	Pferde, meine Freunde
Gretl Maurer	Der kleine Brummbär
Martha Schlinkert	Die verzauberte Katrin
Martha Schlinkert	Pummelchen und Pelle
Martha Schlinkert	Uschi Sausewind
Martha Schlinkert	Im Märchenwald
Martha Schlinkert	Bienchen und Strolch
Annemarie Süchting	Meine lieben Tiere

Neue Offsetbücher mit vielen bunten Innenbildern

Herman Melville	Ahab, der Kapitän
Herman Melville	Der Weiße Wal
Herman Melville	Die große Jagd
Jonathan Swift	Gulliver in Liliput
Jonathan Swift	Gulliver bei den Riesen

W. FISCHER-VERLAG · GÖTTINGEN

Viele wertvolle Göttinger Jugendbücher mit bunten Innenbildern

Fritz Brustat-Naval	Windjammer auf großer Fahrt
Franz Kurowski	Das Buch der Fallschirmspringer
Franz Kurowski	Abenteuer um Diamanten
Johanna Spyri	Heidi und Gritli
Dagmar Galin	Kinder, die vom Himmel fielen
Hermann Neuber	Die fliegenden Retter
Christa Ruhe	Sabjan und sein Elefant
Christa Ruhe	Miß Adler
Günter Sachse	Das bunte Buch der Schwänke
Robert Louis Stevenson	Schiffe, Schätze und Piraten
Andersen, Bechstein, Grimm	Meine schönsten Märchen
Bürger/Roloff	Münchhausen/Eulenspiegel
Christian Carsten	Der rosarote Omnibus
Brüder Grimm	Grimms schönste Märchen
Helmut Höfling	Käpt'n Rumbuddel
Franz Kurowski	Geheimorder Itschabo
Edith Biewend	Bibulus, der kleine Koch
Sabine Boehringer	Flunkerjan und Tintetu
Bruno Horst Bull	Herr Teddy geht spazieren
Bruno Horst Bull	Der Riese Bluff
Christian Carsten	Der arme Ritter Timpel
Helmut Höfling	Gebrüder Schnadderich
Ingeborg Hubertus-Bauer	Zur guten Nacht
Gerhard Kloss	Kleiner Bär und Kleiner Büffel
Hugo Kocher	Das Gespensterschiff
Horst Lipsch	Kasperles Abenteuer
Sabine Boehringer	Kinder- und Tiergeschichten
Friedrich Feld	Der König hinter dem Wandschirm
Kurt Knaak	Treue Bernhardiner
Günter Sachse	Von Schelmen und Narren
Günter Sachse	Lustige Schildbürgerstreiche
Jörg Trobitzsch	Die Adlerinsel
Bernhard Wilms	Napoleons Schatzschiff
Berti Breuer-Weber	Geschichten für das ganze Jahr
Annemarie Fromme-Bechem	Krückli und der große Bär
Kurt Knaak	Heimat der Seehunde
Mathilde Sibbers	Sundewittchen sticht in See

W. FISCHER-VERLAG · GÖTTINGEN

Mit vollen Segeln auf der bunten Welle

6 Seiten, 55 Bilder, davon 19 bunt   128 S., 26 Bilder, davon 10 bunt   96 Seiten, 82 Bilder, davon 27 bunt

80 Seiten, 27 Bilder, davon 12 bunt   128 S., 25 Bilder, davon 13 bunt   96 Seiten, 44 Bilder, davon 12 bunt

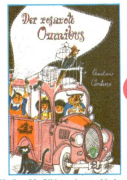  

160 S., 30 Bilder, davon 11 bunt   136 S., 29 Bilder, davon 14 bunt   112 S., 30 Bilder, davon 13 bunt

Bunte Bilder machen Kinderbücher noch wertvoller

Mit vollen Segeln auf der bunten Welle

80 Seiten, 58 Bilder, davon 55 bunt

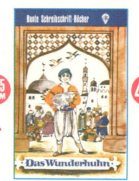

4,95 DM

64 S., Schreibschrift, 40 bunte Bilder

4,95 DM

64 S., Schreibschrift, 37 bunte Bilder

96 Seiten, 54 Bilder, davon 32 bunt

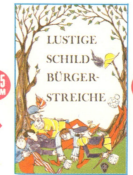

5,95 DM

96 Seiten, 45 Bilder, davon 25 bunt

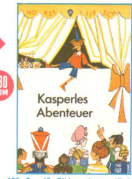

6,80 DM

128 S., 48 Bilder, davon 17 bunt

64 S., Schreibschrift, 44 bunte Bilder

3,95 DM

80 Seiten, 21 Bilder, davon 10 bunt

3,95 DM

80 Seiten, 22 Bilder, davon 11 bunt

Innen farbig – das sind die Kinderbücher der Zukunft